Y Gwastadedd Disglair
The Bright Plain
An Mhagh Fhionn

Michelle Dooley Mahon
Caitriona Dunnett

Dwy stori fer gan Michelle Dooley Mahon a phrintiau syanoteip gan Caitriona Dunnett

Two short stories by Michelle Dooley Mahon alongside toned cyanotype prints by Caitriona Dunnett

Dhá ghearrscéal le Michelle Dooley Mahon maille le priontaí cianachló le Caitriona Dunnett

Cyfrol 2 yn y gyfres:
Ffynhonnau Sanctaidd Llwch Garmon a Phenfro

Volume 2 in the series:
Holy Wells of Wexford and Pembrokeshire

Imleabhar 2 sa tsraith:
Toibreacha Beannaithe Loch Garman agus Sir Benfro

Cysylltiadau Hynafol | Llwybrau Pererindod Llwch Garmon a Phenfro | Parthian Books

Ancient Connections | Wexford-Pembrokeshire Pilgrim Way | Parthian Books

Ceangal Ársa | Bealach Oilithreachta Loch Garman agus Sir Benfro | Parthian Books

CYMRAEG

Cyfrol 2 yn y gyfres:
Ffynhonnau Sanctaidd Llwch Garmon a Phenfro

Fel arfer, dywedir bod ffynnon yn sanctaidd os yw wedi ei henwi ar ôl sant a bod iddi rinweddau iacháu. Mae o leiaf gant ac ugain o ffynhonnau o'r fath yn Swydd Llwch Garmon, Iwerddon. Mae Cyfrol 2 yn y gyfres *Ffynhonnau Sanctaidd Llwch Garmon a Phenfro* yn canolbwyntio ar ddwy o'r ffynhonnau hyn yn ne ddwyrain Llwch Garmon; Ynys ein Harglwyddes a Groto a Ffynnon Sanctaidd Santes Ann yn Tomhaggard, yn ogystal â'r ardaloedd cyfagos.

Yn ôl rhai o chwedlau Iwerddon, mae ffynhonnau yn tarddu yn yr Arallfyd, byd cyfochrog â'i drigolion yn dylanwadu ar rymoedd naturiol y byd hwn. Arferid dweud bod ffynhonnau sanctaidd yn rhoi grym yr Arallfyd i'r sawl a yfai ddŵr ohonynt, ar ffurf awen farddonol, doethineb neu'r gallu i iacháu.

Mae nifer o ddefodau'n gysylltiedig â ffynhonnau sanctaidd Iwerddon megis clymu 'clootie' (cadach neu frethyn) ar goeden ger ffynnon sanctaidd ar ôl yfed neu ddefnyddio dŵr y ffynnon i ymolchi. Dywedir bod hyn yn gyrru salwch o'r unigolyn i'r brethyn. Wrth i'r brethyn bydru, byddai'r salwch yn cilio. Patrymau yw'r enw a roddir ar yr addoli sy'n digwydd mewn safleoedd sanctaidd ar ddyddiau saint. Mae'r addolwyr yn cerdded gyda'r cloc o amgylch ffynnon neu fan sanctaidd arall, gan adrodd gweddïau neu ddilyn Gorsafoedd y Groes.

Yn ei dwy stori fer 'Y Diacon' ac 'Y Ddol o Ferched', mae Michelle Dooley Mahon yn gosod defosiynau defodol mewn cyd-destun cyfoes. Ysgrifenna'n syfrdanol o ddi-lol am salwch, dioddefaint, defosiwn ac iachâd, a hynny gyda thosturi a hiwmor. Yn cyd-fynd â'r straeon, mae printiau syanoteip Caitriona Dunnett o ffynnon Santes Ann ac Ynys ein Harglwyddes; delweddau arallfydol, rhyfedd sy'n adleisio'r gorffennol ond sydd eto'n adlewyrchu'r presennol.

Volume 2 in the series:
Holy Wells of Wexford and Pembrokeshire

A holy well is usually defined as a well that is named after a saint and has healing properties. There are at least one hundred and twenty in County Wexford. Volume 2 of *Holy Wells of Wexford and Pembrokeshire* focuses on two of these and their surroundings: Lady's Island and St Anne's Grotto and Holy Well at Tomhaggard, both in south-east Wexford.

In Irish myth, wells and springs are depicted as originating in the Otherworld, a parallel dimension whose inhabitants have the power to control the natural forces of this world. Drinking from holy wells was said to bestow the power of the Otherworld on the drinker in the form of poetic inspiration, wisdom or healing.

Numerous ritual practices are associated with holy wells in Ireland such as tying a 'clootie' or cloth to a holy tree near a well after drinking or washing in the water. It is said that this drives out illness from the person into the cloth. As it decays, the illness will disappear. Patterns are the devotions that take place at holy sites on the feast day of a saint. Devotees circumambulate the well or other holy site in a clockwise direction, sometimes reciting rosaries or following the Stations of the Cross.

In her two short stories 'The Deacon' and 'The Meadow of Women', Mahon places ritual devotions in contemporary contexts; in real lives. She writes of illness, suffering, devotion and healing with startling directness, compassion and humour. Alongside are toned cyanotype prints by Caitriona Dunnett of St Anne's well, Lady's Island and the surrounds of other wells in south Wexford; ethereal, uncanny images that conjure up the past or even the Otherworld, whilst also being here and now.

GAEILGE

Imleabhar 2 sa tsraith:

Toibreacha Beannaithe Loch Garman agus Sir Benfro

De ghnáth, is éard is tobar beannaithe ann tobar a ainmnítear as naomh agus a ndeirtear faoi go bhfuil leigheas ann. Tá céad fiche tobar den chineál sin ar a laghad i gContae Loch Garman. In Imleabhar 2 den tsraith *Toibreacha Beannaithe Loch Garman agus Sir Benfro*, dírítear ar dhá cheann díobh sin agus ar na ceantair máguaird: Oileán Mhuire agus Tobar Naomh Áine i dTeach Moshagard, áiteanna atá suite in oirdheisceart Loch Garman.

De réir mhiotaseolaíocht na hÉireann, is ón alltar a thagann toibreacha agus fuaráin, is é sin ón saol eile ina maireann neacha ar féidir leo tionchar a imirt ar ghnéithe den saol seo againne. An té a d'ól ó thobar beannaithe, deirtí gur tugadh cumhacht ón alltar dó, mar shampla bua na filíochta, eagna nó cumas leighis.

Is iomaí deasghnáth a bhaineann le toibreacha beannaithe in Éirinn, mar shampla éadach a cheangal de chrann beannaithe in aice láimhe i ndiaidh uisce an tobair a ól nó a úsáid chun níocháin. Deirtí go ndíbrítí tinneas chun an éadaigh dá bharr sin. De réir mar a d'fheofadh an t-éadach, rachadh an tinneas i léig. Glaoitear pátrúin ar na deasghnátha a dhéantar ag áit bheannaithe ar lá féile naoimh. Siúltar deiseal timpeall ar an tobar nó ar an áit bheannaithe, agus is minic go ndeirtear an paidrín nó go leantar Turas na Croise.

Sna gearrscéalta 'An Deagánach' agus 'Cluain na mBan', cuireann Michelle Dooley Mahon na deasghnátha deabhóideacha i gcomhthéacs an lae inniu. Scríobhann sí faoin tinneas, faoin bhfulaingt, faoin deabhóid agus faoin leigheas le teann macántachta, trua agus grinn. I dteannta na ngearrscéalta sin, tá priontaí cianachló le Caitriona Dunnett ina léirítear tobar Naomh Áine, Oileán Mhuire agus na ceantair máguaird i Loch Garman Theas. Íomhánna iontacha aduaine iad seo atá lonnaithe sa saol seo againne ach a thugann an t-am atá caite agus an saol eile chun cuimhne.

X

The Deacon

In Tomhaggard there's a life-size Christmas Crib in a shed out beyond the well. I found it when I followed the Stations of the Cross. Ascending slowly, stone to stone, imagining the feet that came before me. And the prayers they uttered as they followed the brightly painted crucifixion of Christ. There's hay and a baby Jesus and moments of a life, memory cards, prayers, beads. A conviction that here in this holy space, miracles are possible.

Miracles mostly happen to prove what we are thinking is entirely wrong.

Only the cawing of black birds breaks the silence as I step closer to the well. It's named for Saint Anne. The mown grass is the colour of a snooker table, lush from lashing. Under the folds of a pleated statue, I dip a metal ladle and taste deep cold coin-filled water. The human body is a vast expanse of water, it replenishes the water stored the same way as the planet, melting ice flowing downhill from glaciers holding the memory of stillness, fresh air and sunshine, forming tributaries, flowing endlessly, following the natural curve of the land, becoming waterfalls, becoming pools, becoming wells.

***

I was here before.
I remember the water.

***

In August of 1984 I was driven miles from this well by my Father, to the home of a healer. They called him "The Deacon" and he was the seventh son of a seventh son and had the cure. I had a malignant melanoma on my wrist. A doctor was scheduling surgery till my Da said would you consider The

Deacon? And in the blink of an eye I'm in his farmhouse in a shaded room full of glassed monstrosities.

He smelt my right hand. It's cancer he said and left the room. The Deacon made a yellow poultice with an ice cream stick and pasted it on my hand, then bound it. Don't unwrap it for fourteen days and nights no matter what happens says he to me. Introduce her to *John Jameson* when the plucking starts says he to my Da. My Mother said we'll stop at the Well for a prayer. My hand started to throb as we drove back to town.
My Mother said "Offer it up".

Living water has the ability to form fractals and beautiful crystals when it is prayed over. There is living water in the grotto at Lourdes. Which surely begs the question which came first? – is it the holiness of the water or the praying that causes the effect?
Cogito, Ergo Sum. Sum Ergo, Cogito.

If we bless the water it becomes blessed. Thus, if one inherently believes there is healing, healing happens. There is a boy child lighting a red candle or six at the well in Tomhaggard.

When I was small we had a tiny blue and white Blessed Virgin Mary Holy Water font in the hall that my Mother filled from the Franciscan Friary. She threw drops of water at us "Heathens" to keep us safe.

The old people of Tomhaggard knew the secrets of the land, Fairy rings, Fairy trees, Brigid's Crosses, boggy marshes, flattened grass, the warm smell of cattle from fields, the importance of fresh water and the beliefs attached to it. They knew winds and seasons from sky watching, hanging over five-barred gates chewing a blade of grass, watching cloud formations to save hay.

As a child I collected water from Summerhill Spring in a bucket. The county of Wexford is littered with Holy Wells, places that have sprung from the ground like mushrooms after rain. There are mapped Holy Wells, and ones known locally only by the people who frequent them. For centuries water has been used to banish or bless. For centuries pilgrims have prayed here.

Many believe the Christian church adopted the idea of visiting Holy Wells from Pagan practices and substituted the names for those of saints. To mark oneself with the sign of the cross is to physically demonstrate one's faith.

By the time a day had passed with the bandage my hand was on fire. And it was getting bigger. On the fourth day my rings were cut off by a new Indian doctor in A & E. On the ninth day my Mother threw the holy water from the hall font on the bulging bandage. *Offerat eum*.

On the tenth – hysterical – I attended the doctor. What have you done? says he.

He's a Faith healer.

It's out of my hands now, says the doctor with his arms in the air. I surrender.

***

In the Middle Ages holy water had to be kept under lock and key because people stole it for magic. Catholic priests have a special sink to dispose of the water they use to wash their hands during Mass. (There was a time when the edict from Rome said the priest had to drink it.) It's called a *sacarium* and has a copper pipe leading directly to the ground, surrounded by stone so that the water flows directly back to the land.

Water has no smell, taste or colour. But it holds the memory of everything it has ever touched. Water in space breaks into molecules that assemble and reassemble in a continuous loop, the molecular structure holding together long enough for the positive and negative charged ions to attract more molecules in a never-ending dance of life. Jellyfish are 99.9% water.

It would appear the .01% is for it to know it's alive.

Your cells are filled with tiny batteries to re-charge you, like a phone. You are much bigger than you think you are. Turn off your phone and go out to wild wet windy spaces. Scientists now believe the key to life and our existence is the odourless, colourless, tasteless substance known as H2O. Water needs to flow not be forced into pipes, turned again and again at right angles, processed and purified, until it loses its essence. Water is the computer memory of the universe.

***

We drove back to The Deacon on the eleventh day because I couldn't bear another moment of the savage pain. Is it bad? he asks, tapping the gigantic swelling with a calloused thumb. It took a while to unwrap the yards of gauze until there was only one layer left between what was growing out of my wrist.

And then we saw it.

The four heads bending. Did you ever see a seed potato? I wanted to scream. Calmly, The Deacon said – Now, Mother, it's your turn to start with the poultices. Then he put cream on the growth and wrapped it again. That night began the first in a procession of offerings of boiling water and white bread. As hot as you can bear it hun my Mother said as she waved the steaming compress. I screamed.

***

Baptismal water is often collected from churches because it holds the magic of holiness from the energy of the new soul. There is not a single mention of water in Genesis, everything else was created. It is also the only matter that exists in three forms: liquid, solid and gas. People are water. We need to remember to drink more. And to bless the water. At dusk when I hose tall daisies and poppies from my Mother's grave, self-seeding

around my yard, I watch the flowers nod as my blessed water mists them. *Om Namah Shivaya*.

***

It took weeks. He had warned her not to pull or force it. If there's a shred of it left, it'll start again someplace else. There were nights she had to beg me. And nights I begged her to stop. God is too small a name for what I think draws people to wells and water. Or makes men pilgrims. And there's only one of it. "That, with which you are looking, is that, which you are looking for" ~ St Francis of Assisi

In the end it just flopped out and came away in the bandage by accident. I looked at the white jellyfish in disbelief. And the throbbing volcano of my open wrist. Thank God and his angels my Mother said and she threw the whole damn lot on the fire. "Bad cess and begone" she said. And as it burned the pain eased, then disappeared.

CREIDIM

I went to visit a healer
because I believed in his cure.
But first I drank from a holy well
For Luck, and to make sure
That my mind could heal my
misfortune
While he planted thoughts in my
head
And a jellyfish of white roots
Would fall out of my right hand, dead.

An Deagánach

I dTeach Moshagard, tá Beithilín ar mhéid nádúrtha i mbothán i ngar don tobar. Tháinig mé air agus mé ag déanamh Thuras na Croise. Dhreap mé go mall chuige, cloch ar chloch, ag samhlú na gcos a dhreap ann romham. Shamhlaigh mé na paidreacha uile a dúirt lucht leanta na Croise gealdaite. Tá tuí agus leanbh Dé ann chomh maith le cártaí cuimhneacháin, paidríní, rianta beaga an tsaoil. Tá sé le mothú sa spás beannaithe seo gurb ann do mhíorúiltí.

Tarlaíonn míorúiltí go hiondúil chun a léiriú go bhfuil ár dtuairimí contráilte amach is amach.

Níl le cloisteáil ach grágaíl na n-éan ndubh de réir mar a dhruidim leis an tobar. As Naomh Áine a ainmníodh é. Tá an féar lomtha ar dhath boird snúcair agus méith de bharr na báistí. Faoi phléataí na deilbhe, tumaim ladar miotail agus blaisim den fhuaruisce lán bonn. Réimse uisce atá sa cholainn ina bhfuil timthriall uisce ar nós an

phláinéid: oighearshruth ag leá le fána, cuimhne lae ghil fhionnuair á scaoileadh, craobh-aibhneacha ag bailiú, sruth gan staonadh, cuar na talún á leanúint go ndéantar eas, go ndéantar linn, go ndéantar tobar.

***

Bhí mé ann roimhe seo.
Is cuimhin liom an t-uisce.

***

I mí Lúnasa 1984, bhí mé sa charr le m'athair agus sinn ag triall ar theach fir leighis. "An Deagánach" a thugtaí air, seachtú mac le seachtú mac ab ea é, agus bhí leigheas ann. Bhí meileanóma urchóideach ar chaol mo láimhe. Bhí sé socraithe go rachfainn faoi scian ach d'fhiafraigh m'athair díom an mbainfinn triail as an Deagánach? I bpreabadh na súl, bhí mé ina theach feirme, uafáis i bprócaí gloine i mo thimpeall.

Chuir sé mo lámh dheas faoina

shrón agus bholaigh. Ailse a dúirt sé agus d'fhág an seomra. Chuir sé ceirín buí leis an lámh le maide uachtair reoite agus d'fháisc sé bindealán ar a bharr. Ná bain di é go ceann ceithre lá dhéag agus ceithre oíche dhéag, is cuma cad a tharlóidh. Tabhair go John Jameson í nuair a thosóidh an phlucáil, a dúirt sé le m'athair. Dúirt mo mháthair go rachaimid chun an tobair i gcomhair paidre. Bhrath mé pian phreabach i mo lámh nuair a bhí muid ag filleadh ar an mbaile.

Déan í a ofráil, a mhol mo mháthair.

Tá an t-uisce beo in ann frachtail agus criostail áille a dhéanamh nuair a ghuítear roimhe. Tá uisce beo ann i bhfochla Lourdes. Ní mór ceist a chur mar sin: cad a bhí ann ar dtús – naofacht an uisce nó an guí a rinneadh roimhe? *Cogito, Ergo Sum. Sum Ergo, Cogito.*

Má bheannaímid an t-uisce, is uisce beannaithe é. Dá bhrí sin, má chreidtear ón tús go bhfuil leigheas ann, beidh leigheas ann. Tá buachaill óg ag lasadh coinneal dhearg amháin agus tuilleadh ag an tobar i dTeach Moshagard.

Nuair a bhí mé óg bhíodh umairín uisce bán agus gorm ar chruth na Maighdine Muire ar crochadh sa halla. Líonadh mo mháthair é ag Mainistir na bProinsiasach. Chaitheadh sí braonta orainn, "Págánaigh", chun sinn a choinneáil slán.

Bhí seanóirí Theach Moshagard feasach ar rúin na dúiche: liosanna, an sceach gheal, cros Bhríde, seascainn bhoga, machairí míne, boladh bogthe na mba sna goirt, tábhacht an fhíoruisce agus na piseoga a bhain leis. Bhí siad in ann an spéir a léamh chun an ghaoth agus an aimsir a thuiscint; os cionn bharraí an gheata, brobh faoin bhfiacail, d'fhairidís na scamaill ar mhaithe le sábháil an fhéir.

Agus mé i mo leanbh, bhailínn uisce i mbuicéad ó Chnoc an tSamhraidh. Tá Contae Loch Garman breac le toibreacha beannaithe a bhrúchtann mar fhás aon oíche tar éis báistí. Tá toibreacha áirithe le feiceáil sna léarscáileanna agus tá toibreacha eile arb iad muintir na háite amháin a bhfuil cur amach acu orthu. Tá uisce á úsáid chun beannaithe agus chun mallaithe leis na cianta. Tá oilithrigh ag teacht chun guí ag na háiteanna seo leis na cianta.

Creidtear go forleathan gur ghlac an eaglais Chríostaí nós na dtoibreacha beannaithe ó chleachtais phágánacha agus gur cuireadh ainmneacha na naomh in ionad na ndéithe a adhradh roimhe sin. Léiriú fisiciúil ar an gcreideamh is ea comhartha na Croise a ghearradh ort féin.

Tar éis lá amháin, bhí mo lámh ar tine faoin mbindealán. Agus bhí sí ag at. Ar an gceathrú lá, ghearr dochtúir Indiach na fáinní uaim sa Rannóg Timpistí agus Éigeandála. Ar an naoú lá, chaith mo mháthair uisce coiscrithe ó umar an halla ar an mbindealán bolgtha. *Offerat eum.*

Ar an deichiú lá – bhí mé ar mire – chuaigh mé chuig an dochtúir. Cad atá déanta agat?

Fear leighis a bhí ann.

Níl cumhacht agam air anois, arsa an dochtúir, a lámha ardaithe os cionn a chinn. Géillim.

***

Sa Mheánaois, chuirtí uisce coiscrithe faoi ghlas toisc gur ghoidtí go minic é le haghaidh draíochta. Bíonn doirteal ar leith ag an sagart Caitliceach i gcomhair an uisce a úsáidtear chun a lámha a ghlanadh le linn an Aifrinn. (Tráth dá raibh, b'éigean don sagart é a ól chun forógra na Róimhe a chomhlíonadh.) *Sacarium* an t-ainm atá air agus síneann píobán copair uaidh trí

chloch isteach sa talamh ionas go bhfilleann an t-uisce ar an dúiche.

Níl blas, boladh ná dath ar uisce. Ach cuimhníonn sé ar gach ní lena dteagmhaíonn sé. Scarann uisce ina móilíní a thagann le chéile an athuair. Is leor ré an struchtúir mhóilínigh chun iain dheimhneacha agus dhiúltacha eile a mhealladh sa damhsa seo gan stad. 99.9% den smugairle róin, uisce atá ann.

Is cosúil go bhfeidhmíonn an .01% chun a léiriú gurb ann dó in aon chor.

Tá cealla do cholainne lán le ceallraí a athluchtaíonn ar nós fón póca. Tá tú i bhfad níos mó ná mar a shíleann tú. Múch an fón agus téigh amach chuig na spásanna fliucha fiáine. Dar leis na heolaithe, is í H_2O – substaint gan bholadh, gan dath, gan bhlas – bunús na beatha. Is mian leis an uisce imeacht le sruth in ionad a bheith sáinnithe i bpíobáin ag casadh ar dronuillinneacha, á phróiseáil agus á íonú go gcailltear a eisint. Is é an t-uisce cuimhne ríomhaireachta na cruinne.

***

Thiomáin muid ar ais chuig an Deagánach ar an aonú lá dhéag toisc nár fhéad mé an phian fhíochmhar a sheasamh a thuilleadh. An bhfuil sí go dona? a d'fhiafraigh sé, urdóg chrua leagtha ar an at. Bhí tamall ann sular baineadh slata fada na huige go raibh sraith amháin fágtha ag clúdach an rosta.

Chonaic muid ansin é.

Chrom gach ceann. An bhfaca tú falcaire riamh? Theastaigh uaim scréach a ligean. Ach dúirt an Deagánach go séimh – Anois, a Mháthair, fútsa atá na ceiríní. Ansin chuir sé ungadh ar an at agus d'fháisc sé arís é. An oíche sin, cuireadh tús le sraith ofrálacha le huisce fiuchta agus arán bán. Chomh te agus is féidir a stór, arsa mo mháthair agus an t-adhairtín ar láimh aici. Lig me scréach.

***

Is minic go mbailítear uisce baiste ó shéipéil toisc go mbíonn fuinneamh naofa an anama nua ann. Ní luaitear uisce i Leabhar Gheineasas, cruthaíodh gach uile ní eile. Ina theannta sin, is é an t-aon substaint é a bhíonn ar an saol i dtrí riocht: leacht, solad agus gás. Uisce a bhíonn i ndaoine. Ní mór dúinn tuilleadh uisce a ól. Agus tuilleadh uisce a bheannú. Le titim na hoíche,

nuair a scairdim uisce ar na nóiníní agus na poipíní a bhain mé ó uaigh mo mháthar, na síolta ag scaipeadh leo féin timpeall an gharraí, feicim cinn na mbláth ag cromadh faoin uisce beannaithe. *Om Namah Shivaya.*

***

Thóg sé na seachtainí orainn. Thug sé rabhadh di gan é a shracadh nó a bhrú. Má bhíonn rian de fágtha, tosóidh sé arís áit éigin eile. Bhí oícheanta ann inar impigh sí orm leanúint ar aghaidh. Bhí oícheanta ann inar impigh mé uirthi stop a chur leis. Ní leor Dia mar ainm ar a meallann daoine go toibreacha agus foinsí uisce, ar a ndéanann oilithrigh díobh. Níl ann ach an rud ann féin. "An rud lena gcuardaíonn tú, is é sin sprioc an chuardaigh" ~ San Proinsias Assisi.

Sa deireadh, thit sé de phlap uaim sa bhindealán de thaisme. D'fhéach mé le hiontas ar an smugairle róin bán, ansin ar an mbolcán brúchtach ar mo rosta. Buíochas le Dia agus leis na hAingil arsa mo mháthair agus chaith sí an t-iomlán sa tine. "Scrios Dé air agus gura fada uainn é," a dúirt sí. De réir mar a dódh sa tine é, mhaolaigh an phian, ansin d'imigh sí.

CREIDIM

Do thugas cuairt ar fhear leighis
Mar chreid mé go raibh leigheas aige
Ach, ar dtús
D'ól mé ó thobar beannaithe
Chun go mbeadh an t-ádh orm
Agus chun bheith cinnte
Go mbeadh m'aigne in ann
An donas a dhíbirt
Fad a bheadh seisean ag cur smaointe i m'aigne
Is go dtitfeadh smug róin le h'adharcáin bhána
As mo lámh dheas,
Marbh.

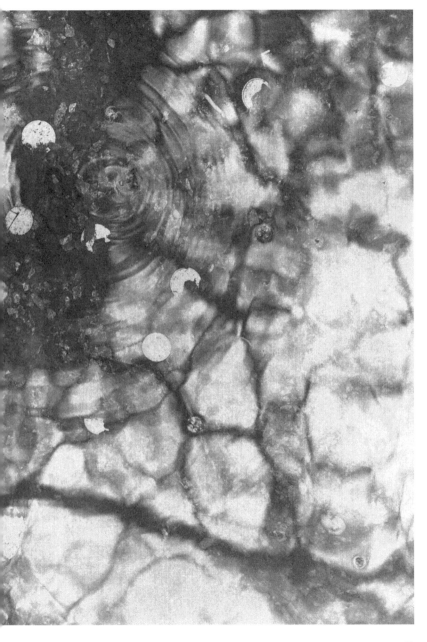

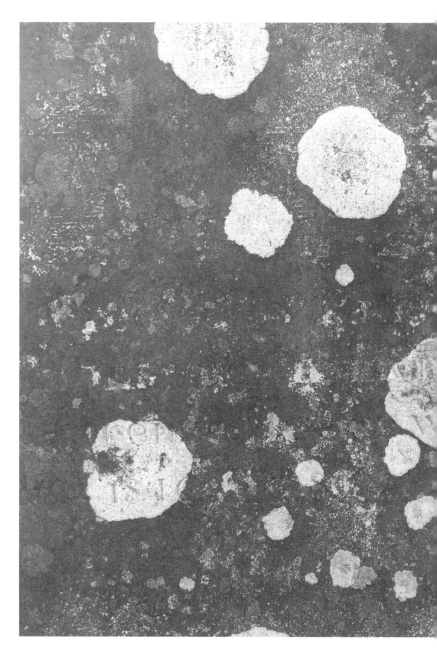

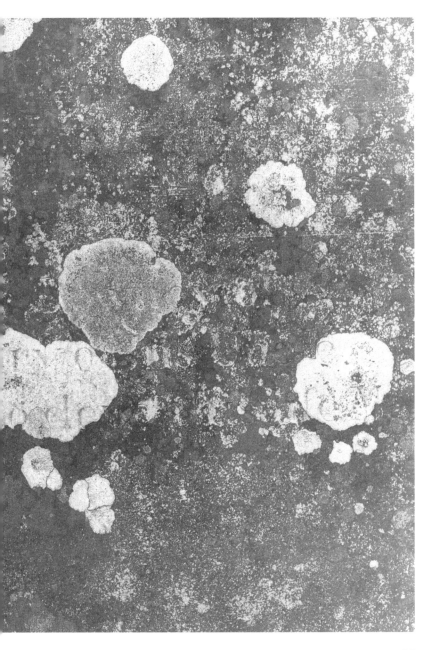

The Meadow of Women

Loch Tóchair
Our Lady's Island

It's a lagoon, with no outlet, and is only separated from the Atlantic Ocean by a sandbar, so saltwater seeps through from the sea while fresh water flows in from the runoff of the land around it. So it's neither fish nor fowl and when the storms come the sea crashes through, raising the salt level.

It has fish and fowl, and rare nesting birds. It's brackish. They cut it, the lake – they cut it open with big machines and the water roars into the sea beyond. It's as foamy fierce as flashing water can be when you're standing on the bank watching it.

The peninsula of Lady's Island has a drunken tower – like the infamous one at Pisa – which was built on unstable ground and leans precariously. The sunken headstones in the graveyard at the north contain a considerable amount of people from Wexford, which is unusual in itself. Because we're Townies.

I know every step of the road from Klennik to D'Island (the village of Killinick to Our Lady's Island) because I walked from The Merry Elf to The Lobster Pot many a night. But I was young then, and still had knees. The Mahon family stayed in Ballask, on the beach. Stiffened towels, salty wind, seaweed, sand and chips. And endless days of summertime we thought would never end. First Mass on a Sunday, the paper, cornets before lunch.

And here we all are walking around pretending we're not God. We are the Universe observing itself. The eyes are the window of the soul. There are only two back barrier seepage lakes in Ireland. The other one is a couple of miles away in Tacumshane. (Ta – Come – Shin)

With good knees and a gamey eye and described as Sally O Brien for the way I might look at you I met a boy on a motorbike outside a chipper in Carne in 1982. My first ever job was inside that chipper, blanching new potatoes in hot oil. I graduated to serving and wrapping chips for pilgrims who had braved burnt backs, hysterical toddlers and lethal stones in their bare feet to ask for two singles, salt & vinegar, *lave them open*.

Young Tucker was an only child, ruined by his Ma, Peg. In the evenings when people leave beaches, the dunes are filled with deep pockets of coolness from hundreds of feet slogging up and plunging down carrying tartan blankets, empty bread wrappers and mineral bottles. The layers of soft sand avalanching itself quickly and repeatedly downhill, so that you're up to your cool knees in it.

St Abban founded a Monastery here in the 6th Century so for 1500 years people have been making pilgrimages to a sacred spot out on the head of the Island. The Marian Shrine here is the oldest in Ireland. In Irish it is called Fionn-Magh (Fee-Un-Ma) – *The Bright Plain* – and the light on the huge body of blue water surely reflects that in spectacular images of blue, charcoal and white, water, cloud and swans. The well is tucked around the corner, and there's another little hidden one on the right after the graveyard, its water filled with algae and barley from the land.

Myself and Young Tucker became an item. Doing a line. Despite the fact we were children then. I flew around the roads on the back of his bike, my hair streaming and knotting in the wind, heading to Butlers of Broadway for the Route 66 gig, across to Clive in The Anchor at Kilrane for a fried breakfast to soak up the cider.

It was the 80s. I had big hair and barely black tights and reeked of Anaís Anaís and we could fit ten people in a Renault 18 to go to The Un-Yoke.

Before it was named for Our Lady in 1903, Lady's Island was known as Cluain Na mBan (Cluein/N-a-Mon – *The Meadow of Women* – because in Pagan times it was filled with female Druids who worshipped the sun at Ballytrent and Carnesore Point during Lughnasa. The Sun of God. The Druidesses who had a firm belief in the indestructibility of the human soul had realised there was no terror in death, and they could be fully alive in each moment at their highest development. Their Pagan Altar at the point became a Mass rock during penal times. Oh, the irony. In the 1940s the Druhan family who lived out on the Island then, found what they thought was a coin but turned out to be an indulgence for pilgrims called a Dula from Pope Martinus who died in 1431. Sixty thousand people visit Our Lady's Island during late summer when a pilgrimage runs from the Feast of the Assumption on August 15th to the Feast of the Nativity on September 8th.

There's great craic in the village then.
It says don't drink the water at the well.

First you catch a glimpse of the lake, a flash of light between trees, strangers might think it was the seaside. Then the trees and hedging clear for your first good look at the vast body of water. Lakes give off a different energy than seas. There's something peaceful and sinister about them simultaneously. It's maybe because one can never estimate the depth. Or because the Lake at Tacumshane claimed five men from the one family on the same night.

Old Tucker was perched on his usual high stool in The Pot. A flat cap pushed back on his forehead as he laughed haw haw haw. A simple, guileless, genuine man. He laboured on farms, drove cattle, saved hay. He stopped laughing when the lads at the counter said that wild townie is Young Tucker's woman.

There's a tiny statue of Our Lady, dressed in a cape of blue and gold in a stone recess where people have placed night lights and tokens at the Well on the head of the Island, out on the bright plain. There are life-sized carved totems nearby, and a prayer – To see divinity in the ordinary. To see endings as new beginnings. To the freedom of non-clinging. To the awesome wonder of ourselves ...

On a halcyon summer's evening – a tractor and trailer full of hay heading for a barn – Old Tucker laughing on a bale at the back, hit a small bump in the road, a pothole, or a stone, enough to make the back wheel gently bump him off onto the ground. It was catastrophically simple. Everyone thought he would get up laughing. But he lay still and silent the way he fell. It was the way he hit his head, the men said.

There has been no Mass celebrated in the old church of St Ibars, which now stands in ruins since Cromwell stormed The Meadow of Women in 1649, butchering all around him. A young boy rescued the crucifix from the altar and tried to swim across a shallow part of the lake, however he was spotted and slain. The cross fell to the bottom of the lake and was instantly covered in soft mud. It only took 238 years for it to arise from the waterbed and in 1887 was returned to the Church of the Assumption across the road where it is now on display.

When Old Tucker was in a medically induced coma from a brain injury, Young Tucker removed himself from his peers and his motorbike and could be seen at all hours, a solitary figure lost in thought and prayer, making his lonely pilgrimage again and again around the Island, praying that his father would recover and come home. I see Young Tucker is out walking the head again, the people in Devereuxs supermarket remarked.

The candle-lit procession at Our Lady's Island in September is a joy to witness. The bobbing of the lights as thousands take to the path to pray for tiny miracles could be Diwali, the throng of humanity shining the way in the darkness reminds one of Lourdes as the buses arrive with the elderly and infirm, those on walkers, those pushed in chairs, those striding out brave and strong are like the hill walkers on The Camino who carry their prayers and hopes out to the tip of the peninsula, and offer them to a presence greater than our small selves can ever imagine.

Walking the head days after the lake was cut was not a job for the faint of heart as the normally springy path was dense and marshy underfoot, my boots drenched, my driver genuflected by accident when she slipped on the soaked grass. I'm the kind of woman who laughs at things like that, like how God forces us to our knees in random moments, only to show us that there are miracles all around us if we only care to look. Suffering is grace said Ram Dass over and over again so people could remember.

Old Tucker came home. He wasn't the exact same, but he was still himself. Sure wasn't that miracle enough.

Every breath in is a blessing,
Every breath out is a gift.

Amen

Cluain na mBan

Loch Tóchair
Oileán Mhuire

Murlach as féin atá ann. Níl ann ach guaire mar bhac idir é agus an tAtlantach, sa tslí is go sileann sáile isteach ón bhfarraige i dteannta an fhíoruisce a ritheann chun srutha ón gceantar máguaird. Ní dubh ná dath é mar sin agus nuair a thagann stoirm, cuireann maidhmeanna na farraige leis an salann san uisce.

Bíonn éisc ann agus éin neamhchoitianta ina thimpeall. Loch goirt atá ann. Ghearr siad é le hinnill mhóra agus búireann an t-uisce amach chun farraige. Bíonn an t-uisce chomh coipeach corraithe agus is féidir agus tú ag seasamh ar an mbruach á fhaire.

Tá túr cam – ar nós thúr clúiteach Pisa – ina sheasamh ar sceabha ar thalamh corrach Oileán Mhuire. Is iomaí duine ó Loch Garman a cuireadh faoi leaca slogtha na n-uaigheanna sa reilig ó thuaidh, rud atá ait ann féin. Mar is as an mbaile mór sinn.

Tá cur amach agam ar gach céim den bhealach ó *Klennik* go dtí *D'Island* (baile Chill Fhionnóg go hOileán Mhuire) toisc gur iomaí oíche a shiúil mé ón Merry Elf go dtí an Lobster Pot. Ach bhí mé óg an tráth sin, agus bhí na glúine go maith agam. I mBaile Easca, cois trá, a d'fhan muintir Mahon. Tuáillí righne, gaoth ghoirt, feamainn, gaineamh agus sceallóga prátaí. Agus síorlaethana an tsamhraidh nach mbeadh deireadh leo choíche, shíl muid. An chéad Aifreann Dé Domhnaigh, cóin roimh lón.

Téimid thart ag ligean orainn nach ionann sinn le Dia. Sinne an chruinne á tabhairt féin faoi deara. Is iad na súile doirse an anama. Níl ann ach dhá loch den chineál seo in Éirinn. I dTeach Coimseáin, cúpla míle siar, atá an ceann eile.

In 1982, tráth a raibh glúine maithe agam agus tráth ar ghlaoití Sally O Brien orm i ngeall ar an tsúil a chaithfinn ort, bhuail mé le buachaill ar ghluaisrothar lasmuigh de shiopa sceallóg i gCarnach. Bhí mo chéad phost agam sa siopa céanna, prátaí á mbánú agam in ola the. Tugadh ardú céime dom ina dhiaidh sin nuair a ligeadh dom na sceallóga a chur i málaí lena dtabhairt do na hoilithrigh a thug faoi dhromanna dóite, lapadáin chaointeacha agus clocha pianmhara cosnocht chun dhá mhála a iarraidh, salann agus fínéagar, *fág ar oscailt iad, maith an cailín.*

   Leanbh aonair ab ea Tucker Óg a bhí loite ag a mháthair, Peg. Um thráthnóna, nuair a fhágann daoine na tránna, fágtar poill bheaga fhuara sna dumhcha mar ar shiúil na céadta cos suas agus síos chun pluideanna breacáin, cumhdaigh aráin agus deochanna boga a iompar. Titeann an gaineamh ina mhaidhmeanna boga le fána arís agus arís eile, go slogtar do ghlúine sa bhfionnuaire.

Bhunaigh Naomh Abbán mainistir anseo sa 6ú haois, mar sin tá oilithrigh ag triall ar an áit bheannaithe ar cheann an oileáin le 1500 bliain. Anseo atá an scrín is sine in Éirinn in ómós do Mhuire. Deirtear gur 'Fionnmhagh' an t-ainm Gaelach a bhí ar an mainistir, agus is cinnte gur iontach an radharc é nuair a lonraíonn an solas ar an uisce: íomhá dhubh, bhán, ghormghlas ina mbíonn ealaí ag snámh agus scamaill ag eitilt. Tá an tobar suite taobh thiar den chúinne, agus tá ceann beag eile faoi cheilt i ngar don reilig, ach tá an t-uisce ann lán le halgaí agus eorna.

D'fhorbair caidreamh idir mé féin agus Tucker Óg. Bhí muid ag siúl amach, cé nach raibh ionainn ach leanaí i ndáiríre. D'eitil mé leis trí bhóithre na dúiche ar chúl a rothair, mo chuid gruaige ag séideadh taobh thiar díom, Butlers Ghráinseach Iúir mar cheann scríbe againn i gcomhair cheolchoirm Route 66, uaidh sin go Clive san Anchor i gCill Ruáin don bhricfeasta a shúfadh isteach an cheirtlis.

Na h80idí a bhí ann. Bhí gruaig mhór orm chomh maith le riteoga teanna agus boladh *Anaís Anaís* agus d'fhéadfaí deichniúr a chur i Renault 18 chun The Un-Yoke a bhaint amach.

Sular ainmníodh as an Maighdean é in 1903, thugtaí Cluain na mBan ar Oileán Mhuire toisc go mbíodh bandraoithe ann in aimsir na bpágánach, mná a d'adhraigh an ghrian i mBaile Threaint agus i gCeann an Cheairn le linn fhéile Lughnasa. Solas Dé. Bhí na bandraoithe deimhin de gur rud buan é an t-anam, agus thuig siad nach díol uafáis an bás, agus go bhféad siad a bheith i mbarr a réime i gcónaí. Rinneadh carraig Aifrinn dá n-altóir págánach in aimsir na bPéindlíthe. Och, an íoróin. Sna 1940idí, shíl muintir Druhan, a raibh cónaí orthu ar an oileán an tráth sin, go raibh bonn aimsithe acu. Fuarthas amach gur *Dula* a bhí ann: logha d'oilithrigh ón bPápa Máirtín a d'éag in 1431. Tugann 60,000 duine cuairt ar Oileán Mhuire ag deireadh an tsamhraidh le linn na hoilithreachta ón 15 Lúnasa, Lá na Deastógála, go dtí an 8 Meán Fómhair, Lá Breithe na Maighdine Muire.

Is mór an spórt é an baile ag an am sin.
Tá rabhadh ann gan uisce an tobair a ól.

Feictear an loch ar dtús, splanc solais idir na crainn, cheapfadh strainséir gurb í an fharraige í. Ansin scaipeann na crainn agus na fálta agus bíonn radharc soiléir ar an uisce. Baineann fuinneamh difriúil le lochanna ná mar a bhaineann leis an bhfarraige. Bíonn lochanna níos suaimhní agus níos mailisí ag an am céanna. Is dócha gurb é is cúis leis sin nach féidir doimhneacht locha a thuar, nó gur cailleadh cúigear fear ón teaghlach céanna sa loch ag Teach Coimseáin in aon oíche amháin.

Bhí Tucker Mór suite ar a ghnáthstól sa Pot. Bhí caipín brúite siar os cionn a chláir éadain agus rinne sé gáire *há há há*. Fear simplí soineanta macánta. Shaothraigh sé sna feirmeacha, sheol sé beithígh roimhe, agus rinne sé féar a shábháil. Stad sé den gháire nuair a dúirt fear ag an gcuntar gur le Tucker Óg an bhean ait seo ón mbaile.

Tá dealbh bheag de Mhuire i gclóca bán agus gorm chomh maith le soilse agus comharthaí creidimh i gcuas ag an tobar ar cheann an oileáin ar an magh fhionn. Tá tótaim snoite ar mhéid nádúrtha in aice láimhe, maille le guí – Diagacht a fheiceáil sa ghnáthrud. Tús a fheiceáil sa deireadh. Saoirse an scaoilte. Díol iontais dúinn féin sinn féin …

Tráthnóna geal samhraidh, bhí tarracóir agus leantóir lán féir ag triall ar scióból. Bhí Tucker Mór ina shuí agus ag gáire ar bhurla ar chúl, agus nuair a buaileadh uchtóg nó linntreog nó cloch ar an mbóthar, ba leor sin chun é a thabhairt chun talún. Rud uafásach simplí a bhí ann. Shíl gach duine go n-éireodh sé agus go leanfadh sé den gháire. Ach luigh sé mar a raibh sé, ciúin. An tslí ar bhuail sé a chloigeann, a mhínigh na fir.

Ní raibh Aifreann i seanchill Iúir, atá ina fhothrach anois, ó rinne Cromail slad i gCluain na mBan in 1649. Shábháil buachaill óg cros ón altóir agus rinne iarracht cuid éadomhain den loch a thrasnú, ach chonacthas agus maraíodh é. Thit an chros go grinneall agus shlog an láib í. Ní raibh ann ach 238 mbliana gur baineadh ón uisce agus gur tugadh d'Eaglais na Deastógála trasna an bhóthair í in 1887, mar a bhfuil sí le feiceáil i gcónaí.

Nuair a cuireadh Tucker Mór i gcóma mar gheall ar ghortú inchinne, chúlaigh Tucker Óg óna chairde. Chonacthas a ghluaisrothar uaigneach ag gach tráth den lá, oilithreacht aonair á déanamh aige arís agus arís eile timpeall an oileáin, biseach agus filleadh a athar a ghuí. Feicim go bhfuil Tucker Óg ag siúl an oileáin arís, a deireadh na daoine in ollmhargadh Devereux.

Is aoibhinn an rud é mórshiúl na gcoinnle a fheiceáil ar Oileán Mhuire mí Mheán Fómhair. D'fhéadfá a bheith i láthair Diwali agus tú ag féachaint ar na mílte coinnle ag bogadach feadh na conaire chun guí a dhéanamh agus míorúiltí beaga a iarraidh, solas daonna i ndorchadas an domhain; chuirfeadh busanna na n-easlán agus na seanóirí lena gcathaoireacha rothaí agus siúladáin Lourdes chun cuimhne; agus siúlann dream lúfar láidir chun cinn ar nós sléibhteoirí an Camino, dóchas agus paidreacha le tabhairt acu go rinn na leithinse, go neach nach féidir a thuiscint ná a shamhlú.

Ní do lucht an lagmhisnigh an tsiúlóid ar an oileán sna laethanta tar éis ghearradh an locha, ó ba sheascann bog an cosán ina mbíonn preab bheag de ghnáth. Bádh mo bhuataisí agus d'fheac mo thiománaí a glúine de thaisme nuair a shleamhnaigh sí ar an bhféar fliuch. Is duine mé atá in ann gáire a dhéanamh faoina leithéid, an tslí go n-íslíonn Dia go dtí ár nglúine sinn gan choinne chun a léiriú go bhfuil míorúiltí thart timpeall orainn i gcónaí ach iad a thabhairt faoi deara. Grásta an fhulaingt a dúirt Ram Dass arís agus arís eile ionas go mbeadh daoine in ann é a thabhairt chun cuimhne.

Tháinig Tucker Mór abhaile. Níorbh é an duine ceannann céanna é, ach is é féin a bhí ann. Ba leor sin mar mhíorúilt.

Beannacht gach anáil isteach,
Bronntanas gach anáil amach.

Áiméan

Biographies

Michelle Dooley Mahon - (mdm) is a writer from Wexford, Ireland. She wrote and performed seven one-woman shows before she became the author of the groundbreaking novel *Scourged* and the playwright and performer of its adaptation to the stage, *The Scourge*, which won her a writing award in New York when she performed it off Broadway at The Irish Rep in 2020. She was diagnosed with Autism and ADHD at age fifty-seven.

She writes and hosts the #mdmpodcast and has been commissioned to write essays on a wide variety of topics. She is a speaker and advocate about Alzheimer's and mental health. During lockdown she performed two new shows: *Pas Mon Singe* (Not My Monkey), and *Divilskin* part 2.

She is currently writing directly from her diaries for a new book called *Spiders Don't Eat Biscuits* about being a carer for her ninety-two-year-old father, Tom.

She lives alone with three beautiful dogs who think they are people. **www.shellshock.ie**

Caitriona Dunnett is an Irish artist based in the UK. Her practice explores memory. She is intrigued by the traces people leave behind, the paths they weave through time and the legacies attached to them.

Dunnett has a BA Hons in Photography from Nottingham Trent University and a MFA from Rhode Island School of Design. Her work has been supported by the Irish and English Art Councils, The Richard and Siobhán Coward Foundation, Grain Projects and a-n The Artist Information Company.

Recent exhibitions included Brighton Photo Fringe, Hill Close Gardens, Warwick, The Lost Garden, Darkroom Birmingham, Images Are All We Have, PhotoIreland Festival, The Flourish Award Exhibition, West Yorkshire Print Workshop and 22, Format Festival. Her work was published by *PhotoIreland*, featured in *Black & White Photography Magazine* and online with the *Irish Times*, *Atlas Obscura* and *Photomonitor*. **www.caitrionadunnett.com**

Beathaisnéisí

Scríbhneoir as Contae Loch Garman í **Michelle Dooley Mahon.** Scríobh agus léirigh sí seacht seó aonair sular foilsíodh *Scourged*, a húrscéal ceannródaíoch a chuir sí in oiriúint don stáitse ina dhiaidh sin mar dhráma, *The Scourge*. Bronnadh gradam scríbhneoireachta uirthi nuair a chuir sí an dráma sin i láthair san Irish Repertory Theatre in 2020.

Fuarthas amach go raibh uathachas agus NHEA uirthi nuair a bhí sí 57 mbliana d'aois.

Is í a scríobhann agus a chuireann #mdmpodcast i láthair agus coimisiúnaíodh í chun aistí a scríobh ar réimse leathan ábhar. Labhraíonn sí go poiblí maidir le galar Alzheimer agus meabhairshláinte. Chuir sí dhá sheó nua i láthair le linn na dianghlasála: *Pas Mon Singe* agus *Divilskin* cuid 2.

Tá a cuid dialann mar bhunús le leabhar nua, *Spiders Don't Eat Biscuits*, faoi bheith ina curamóir dá hathair Tom, atá sna nóchaidí.

Cónaíonn sí ina haonar le trí mhadra áille atá den tuairim gur daoine iad. **www.shellshock.ie**

Ealaíontóir Éireannach í **Caitriona Dunnett** atá ag cur fúithi sa Ríocht Aontaithe. An chuimhne is ábhar dá saothair. Tá suim mhór aici sna rianta a fhágann daoine, sna conairí a ghabhann siad i rith an tsaoil agus san oidhreacht a bhaineann leo.

Fuair sí céim onóracha sa ghrianghrafadóireacht ó Nottingham Trent University agus céim mháistreachta sa mhínealaín ó Rhode Island School of Design. Fuair sí tacaíocht dá cuid saothar ó eagraíochtaí amhail an Chomhairle Ealaíon, Comhairle Ealaíon Shasana, Fondúireacht Richard agus Shiobhán Coward, Grain Projects agus a-n The Artist Information Company.

Ar na taispeántais a rinne sí le déanaí tá Brighton Photo Fringe, Hill Close Gardens, Warwick, The Lost Garden, Darkroom Birmingham, Images Are All We Have, Féile PhotoIreland, The Flourish Award Exhibition, West Yorkshire Print Workshop agus 22, Format Festival. Tá saothair dá cuid le feiceáil i bhfoilseacháin *PhotoIreland* agus *Black & White Photography Magazine* agus i bhfoilseacháin ar líne *The Irish Times*, *Atlas Obscura* agus *Photomonitor*. **www.caitrionadunnett.com**

Testun **Text** Téacs Michelle Dooley Mahon

Delweddau **Images** Íomhánna Caitriona Dunnett

Dylunio **Design** Dearadh Heidi Baker

Cyfrol 2 yn y gyfres:
**Ffynhonnau Sanctaidd
Llwch Garmon a Phenfro**

Volume 2 in the series:
**Holy Wells of Wexford
and Pembrokeshire**

Imleabhar 2 sa tsraith:
**Toibreacha Beannaithe Loch
Garman agus Sir Benfro**

© Cysylltiadau Hynafol
| Llwybrau Pererindod
Llwch Garmon a Phenfro |
Parthian Books, 2023

© Ancient Connections |
Wexford-Pembrokeshire
Pilgrim Way | Parthian
Books, 2023

© Ceangal Ársa | Bealach
Oilithreachta Loch Garman
agus Sir Benfro | Parthian
Books, 2023